U0525383

XINGGUANG
YINXIANG

何诚明
著

山西出版传媒集团　北岳文艺出版社

·太原·

图书在版编目（CIP）数据

星光印象 / 何诚明著. -- 太原：北岳文艺出版社，2024.7. -- ISBN 978-7-5378-6875-4

Ⅰ．I227

中国国家版本馆 CIP 数据核字第 20242T2E84 号

星光印象

何诚明◎著

出品人
郭文礼

选题策划
左树涛

责任编辑
左树涛

封面绘图
涂玉婷

装帧设计
张永文

印装监制
郭　勇

出版发行：山西出版传媒集团·北岳文艺出版社
地址：山西省太原市并州南路 57 号　邮编：030012
电话：0351-5628696（发行部）　0351-5628688（总编室）
传真：0351-5628680
网址：http://www.bywy.com　E-mail：bywycbs@163.com
印刷装订：山西润金容印业有限公司
开本：889mm×1194mm　1/32
字数：132 千
印张：5.625
版次：2024 年 7 月第 1 版
印次：2024 年 7 月山西第 1 次印刷
书号：ISBN 978-7-5378-6875-4
定价：79.80 元

本书版权为本社独家所有，未经本社同意不得转载、摘编或复制

赞叹存在的凄美

前　言

本诗集,包含66首诗,是笔者受两段人生经历的启发而作。一段主要是笔者在美国威斯康星大学麦迪逊分校,攻读博士的那段时光。另一段则是笔者一生从求学到工作,从事科学研究和哲学探讨过程中,在天文、地理、人文和宇宙等等层面,感悟人生的写照。

抵达威斯康星的时候,笔者从一个全年阳光普照的国度——新加坡,突然来到一个有四季变化的地方。况且,这里的四季变化对笔者而言,不仅是明显的,而且是很剧烈的。秋天极其美丽,艳丽的彩叶布满四处。转眼,冬天温度可以下降到零下十几度,顿时所有的彩叶都消失了,树木都冬眠了,整个世界被冰封在冰天雪地里。加上读书的地方是一个大学城的小镇,与外界相对隔离,和新加坡形成鲜明的对比。整个经历对笔者是一种冲击,也是一种启发和激励。在这样的环境里,使我能够对人生重新思考和感悟,向外也向内探讨,达到比较深入的层次,对存在的"凄"和"美"有了一种强烈的认识和感悟。

笔者从小就对天文学和宇宙学有浓厚兴趣,读了很多相关的书籍,对浩然的宇宙和它所隐藏的奥秘有着无限的向往。还有一个特定的时刻,那就是我在西澳大利亚珀斯城读本科生的时候,有一次停电,全城陷入黑暗中,我亲眼看到了银河的亿万颗星。这一经历让我真正更深入地感受到这个宇宙的巨大与深奥。这也是一件非常有启发性的事，深埋在我心里，让我有了一种灵魂深处的探讨和感悟。

很多年后，这些对星光、宇宙和人生的深层次探讨和感受逐渐融合在一起，引发了比较强的诗感，激发笔者创作了一系列的诗。在这个诗集的66首诗中，"星光"这个词出现了54次，"星空"出现了35次，"银河"出现了33次，"永恒"出现了62次，"宇宙"出现了20次，"人生"出现了31次，"时光"和"时间"出现了41次，"岁月"出现了24次，"湖"出现了53次，"世界"和"世纪"总共出现了29次，"今天"和"今日"总共出现了70次，这就是本诗集的主题。

根据现代物理学和天文学，天上看似点状的星星，不是古人以为的挂在天上的灯，它们其实都是超级遥远的、巨大的恒星。它们守护着无数个类似我们的地球，或比地球大百倍千倍的行星。这些行星上可能有外星生命和文明，而这些恒星离我们的距离和数目，都是要用天文数字来描述的。而且，根据目前宇宙学，在亿万年后，整个宇宙的空间、时间，以及所有的物质和能量都可能湮灭，星光和生命将不复存在。这种新的、极度宽广与深入的认知，会让人产生全然不同的感知；而它能触发的凄美、浪漫和超然的感觉，会在质和量上被放大千万倍。

诗集取名《星光印象》，顾名思义，就是捕捉星光赋予人们的印象。犹如西方印象派绘画写意的原理一样——画里人、物，以及景色的细节和轮廓都模糊，抽离现实，但依靠抽象的光线与色彩传达感受，催动深层的内心世界，进而让外界的事物在内心升华成印象。"印象"是一种表现手法；"星光"就代表遥远、深远、深邃、无穷、永恒，感觉、感受、思考、思虑，超越人生、超越琐碎，等等。

如果用绘画领域里的个例来比喻这些印象，或有些甚至是比较超现实的诗，那么这本诗集里的《星光印象》《长语花香》《夜空今天》等诗，有点像印象派大师凡·高（Vincent van Gogh）的绘画风格——有粗大的"线条"和强烈的"凄感"；《花开今日》《你踏梦而来》《艳阳的美》等诗，却有点像克劳德·莫奈（Claude Monet）式的印象派——有比较柔和的线条，强调的是"美"多过"凄"；至于比较超现实的，例如《美丽的风》《拼命的天》《镜子》等诗，在绘画界超现实派的代表作里，与萨尔瓦多·达利（Salvador Dali）的作品是很类似的——他通常在绘画里把很不可能出现在一起的物体和观念糅合在一起，产生某种冲突和震撼；而《伴老梅花泪》《聪慧苍穹》《万物澎湃》等诗，是比较像雷尼·马格利特（Rene Magritte）的超现实表现法——里面也有跟现实差别很大的人、物、观念、事件等的排列，呈现在异样和非现实的场景里。但相对于达利，马格利特更注重元素的美感和元素之间冲突中的调和。其他大部分的诗，则相当于中国式写意水墨画——印象、柔美和婉约。当然，也有比较写实的诗，例如《永不湮灭的时间》《美丽的记忆》《安康夜》等。《来自另一个世界的爱》《快乐的草原秘密》《你是星光》等则有魔幻现实的味道，或者更应该说具有魔幻色彩。

　　要说明的一点是，这些诗里出现了许多"你"这个字，在大部分情况下，"你"不是指特定的某个人。"你"可以是笔者、读者、任何一个人、众人，或人类，甚至可以是一颗星球或存在本身。诗文中，是用"你"作为一种变换观点的交流对象，"你"不一定是一个跟笔者相熟的，或在笔者人生里具体存在过的人。

这本诗集里的66首诗，被分成五辑。前面的61首诗的写作时间比较接近，被收录这四辑里：《星光印象》《夜空今天》《星星的日子》和《冰川世纪》。这些标题来自相应的部分里面的一首主题诗的标题。被编排在同一辑里的诗的内容跟辑的标题是有一定关联的。《星光印象》里的诗，大部分都有提到星光、宇宙和笔者的一些经历、回忆和感受；《夜空今天》里的诗，大部分提到"夜"，和与夜有关的心灵遨游；《星星的日子》里的大部分诗，重点不在"星光"本身，而是比较侧重于探讨星星赋予的对人生一些比较细腻的深层感觉。相对于《星光印象》里面的诗的宏大气势，《星星的日子》里面的诗描写的是比较微观细腻；《冰川世纪》里的诗，偏向于描叙比较宏观的事件与个体人生体会的一种互动。

上面的分类不是严格的，换句话说，某一首诗也可以被编排在另一辑里。因为诗的内容可能与超出一个辑的标题有关。其实，所有的诗，也可以照创作时序来编排，但笔者认为这样把61首诗分成几辑来编排，每辑的诗的数量就在15—16首左右，内容又较为有关联，可以让读者比较集中地去感受这些诗。

至于第五辑《星光，永延绵》里的诗的创作年代，是离前面四辑比较远的，所以把它们单独编排在一起。

除了第五辑《星光，永延绵》里的诗之外，前四辑里的诗均是笔者在手机上以短信形式写的，诗尾标明的时间是短信发出的时间。

最后，由衷地感谢党志亚同学的欣赏、鼓励和建议，此诗集才能被编排出来，否则这些诗和散文将永远滞留在笔者的个人档案里。

2020 年 4 月 12 日

目录

辑一　星光印象

003　下一站，永恒！
006　星光印象
008　永不湮灭的时间
010　有你留下的芬芳
012　白　花
014　夜的游畅
017　长语花香
019　轻·热·湿·晚
021　花开今日
023　柳树路边
025　晚　风
026　可抓住的今天
029　星的发
031　美蝶清风
032　伴老梅花泪
034　来自另一个世界的爱

辑二　夜空今天

041　光·轻·飞·风·鸟
044　夜空今天
046　你踏梦而来
048　晚　风（二）

049 在这夜晚停留
052 细腻的你
056 美蝶今天
057 金　黄
059 艳阳的美
061 聪慧苍穹
063 美丽的风
065 爬藤今日
068 微光里的青苍
071 永恒湖
073 梦嘱咐的今天

辑三　星星的日子

079 星星的日子
081 云·天
084 美丽的记忆
086 晨
088 快乐的草原秘密
091 玫瑰你今日
094 你的彩蝶乐园
096 情在秋
098 惯性飘走
100 蔷薇美满
101 嫣红徘徊
104 神灵美味
106 爪　哇
108 延　绵
110 早到甘露

辑四　冰川世纪

113　美城炊烟
115　玫瑰冰雪，澎湃
118　冰川世纪
121　鲜花再舞日月情
123　长谷秘密
125　你在天涯
127　拼命的天
129　清晨一道阳光灼烫
131　镜　子
133　万物澎湃
135　等候的灵魂
138　沧桑美梦
140　永恒湖（二）
142　安康夜
147　美蝶残梦

辑五　星光，永延绵

151　星光，永延绵
152　你是星光
155　依然绚烂，依然悠扬
157　快乐相随
159　烟雨湖岸
161　霞　光
164　我在这个世界等你

辑一 | 星光印象

下一站，永恒！

也许宇宙的黄昏是这样结束

下一站，永恒！
列车已告别黄昏；
苍穹布满星光的泪，
晚风中云收浪退。

载着生命最后的火光，
列车奔往极乐的天堂；
驰骋中万念俱飞，
驶往星空亮光的陶醉。

下一站，永恒！
带着没有重担的清纯，
在落日里吻别晚霞，
洗净万世污浊的灵魂。

曾经费尽心思的人生留恋，
夜空中化成星光点点；
没完没了的恩恩怨怨，
萤火微光里轻飞云烟。

下一站，永恒！

逐渐远去，挽留的歌声；
卸下生命搏斗的盔甲，
往前是轻盈的万里天涯。

青青草原是艳阳下的闲暇，
清风献上一朵鲜花，
满是白云的蓝天，
是无拘无束的快乐年华。

那流水曾载着人生的浮萍，
在延绵的长河里漂游不停；
偶尔有一阵欢畅的春雨，
为浮萍洗脱飘忽不定的罪名。

而今万帆点缀海浪，
灯火熄灭的夜晚心灵游荡；
银河主宰无穷的星空，
这是人们探讨终点的模样。

再留恋蓝天下，
沉醉于青青草原的神奇；
那远方是否一匹飞马，
刚轻盈地踏临这青葱大地？

下一站，永恒！
吻别吧，落叶的黄昏！
数完今生徘徊不走的夜晚，

勇奔那巡绕不息的日夜沸腾!

终站,永恒,
脚印踏过落幕的黄昏;
夜空摒弃美丽,
留下一丝漫长的悼念。

2008年3月9日,清晨5点51分

星光印象

星光璀璨深情海滩
摘下美梦赏月天坛
海水再推金光波澜
留住秋夜香灵弥漫

挡不住再有绚烂银河
落下的星雨，爱的歌
流过心境草原广阔
成大海满载灵光时刻

幽泉细数人生花朵
对比星光印象登场
回望年代春天溜走
再补时光霹雳沧桑

成全美梦饥荒乐园
有无穷困惑解码承诺
绕转乐园死角通道
挽回悲欢无奈末端

仰头再望繁星点点
是燃烧的情，飞扬的火焰

捕捉灿烂走回起源

朝一颗恒星默许轻快

另一个月亮嘱咐成全

2007年5月4日,晚上8点56分

永不湮灭的时间

年轻时的欢腾!

轻甜音乐飘过
是那晴天下
你我年轻的时候
水波蔚蓝的下午
无虑中的欢腾

伸手
可抓住永不湮灭的时间
在一把绿草里
在给你的血红玫瑰里
你回眸一笑
就是我的春天
枝头嫩芽
刚冒出了爱的嬉戏
转眼,情的永恒随手摘来

永恒
你我泡在品味的午后
茶香里
再探寻人间奥秘
悠扬的不是歌声

是你我互动的温馨
在午后的流连

那夜是否来,带着星空的绚丽?
但最后一片彩霞
背负起我们升华的重担
让我们腾飞在黄昏的最后时刻
倦鸟也不奉陪了
不奉陪在落日的挽回

逝去
是岁月最后的点评
青春残留的梦
改日再追回
灿烂的是永不湮灭的时间
转头满空的星斗
捕捉在牛郎织女
桥梁跨越的过去
美好的回忆

2007年7月25日,晚上8点12分

有你留下的芬芳

有你留下的芬芳
在我暗淡的日子里
激发我心中的青草绿
让兴奋在夜晚萌芽
重新夺取昔日的朝气

有你留下的海洋
在我生命的炎夏
承载我灵魂的波浪
包容一切不可超越的力量
尝一口清甜下午
回味艳阳的灼烫

有你留下的山冈
捧托我登天的愿望
迂回的小径走进树林
远离人间的亢奋
但有一个平淡无奇的出口
冲向唯美的天堂

有你留下的星光
追逐安恬的夜晚
昂首已是满天的月亮

触碰我心灵的向往

星光里有一丝甜蜜

是你存在的踪迹

在这没有虫声的夜晚里

带我游走神仙的境地

2007年10月26日，下午4点7分

白　花

白花
你在路旁摘下青芽
中断了的爱
在另一个蓝天下萌发
你仰望的天
已有一丝泪花

白花
这人生留恋的雨
是你心腑滋润的茶
甜在口里的情
你今日的奋发
醒来时你抓把暖风
黄昏已抹上彩霞

白花
在永恒面前你张开双臂
让末日的光子清理你心的疙瘩
啊，今夜你看见的星空
青春时的梦
追随流星雨的红
变黄的记忆此时复活

白花

你掌握的时光

摇晃在温馨的清晨

不就是昨日吗?

你把微笑

献给了

生灵起伏的歌

汹涌的深情中

你进入了冬眠

宇宙看到你的微笑

烙印在晴天的草原

无穷的欢乐里

          2009年5月12日,晚上10点25分

夜的游畅

曙光
身边有你秀发的芳香
第一道热气
蒸发一夜辗转孤单

夜灵徘徊
在深山流水胸怀
瀑布的穷追
洗净你我一夜的缠绵

再有你深夜的伴
陪我逍遥银河
夜景
已不是孤单的美宴

伸手
有个软绵绵的眷念
不知不觉中
泪水沾满枕头浮萍

枕头浮萍
你我相逢在人生长河
流尽一切坎坷

喜庆
是夜里结伴高歌

高歌
让夜填满轮回快乐
今生相随
来世激荡再加倍

没有晚风的夜
正好是你我秀发不飞的
同行
来到河岸观赏
抬头星空遥望

携手
我们已腾飞
飞在星间
在你我永恒愉快
心灵乐园

飞到星空终点
可触摸的灵气
是你我沐浴的境地
这里有永生
更有
连绵不绝的美丽天庭

夜

是星空的衬托

我们抓紧

每一个探索的

憧憬与快乐

不停遨游

游尽星空每个角落

品尝人生你我

说不尽道不完

无穷美好时刻

曙光

别忘了夜的游畅

当第一缕晨光结束梦幻

你双眼美丽张开

又是一回美轮美奂

你我走向幸福的未来

2007年3月4日，清晨6点45分

长语花香

你长语花香恋陶醉,
徘徊的湖畔星光明媚;
挥别光年远走的脸,
伸手有几颗碰爆的泪。

在星光耀眼世纪起点,
摘一盆花朵盘托祭献;
没走完的路上独树眺望,
彼岸的清凉是否细雨舒畅?

晚风轻拂在弯柳悠扬,
路的他端是败走的诗乡;
回一轮明月皎洁天上,
再啃岁月残留忧伤。

数吧,
湖里的波涛汹涌难忘,
反射的星光模糊走样;
在湖畔哼歌,
堆沙里一群败兵残将。

轮回光芒又现身旁,
抓紧此刻永恒召唤;

乘转世攀天坠地快车，
星光里今世烟消云散。

此生憧憬湖畔结账，
数五度轮回再创辉煌；
青菜淡汤里黄昏远去，
排练好的星群再献舞技。

你徘徊湖畔醉恋迷茫，
是梦？是真？是天堂？
只有星光再度提炼，
拉回你沉浸永恒的眷恋。

2007年4月24日，凌晨2点20分

轻·热·湿·晚

捧你的脸
在美风中
秀发四方飞扬
轻飘的彩蝶
是时间追踪的新娘
你的幽香搂着她
伴她今日的奔放

揉你手
在裸阳下
细叶绿得发狂
再蓝的天
也挡不住你媚的嚣张
一道阳光燃起前途
我们踏上黄金般的幸福

抱
在海鸥轻轻降临时
浪弄花的沙滩上
有喜悦的泪珠
白帆乱点海深处
黄昏披上彩霞的晚衣
催你寻求奔风的回忆

抚你唇

在银河里

起伏的星浪,爱的河

夜空坠下火光

烧起光亮灵魂的希望

腾飞的情永恒追逐

投奔宇宙心灵深处

转眼已是梦境连绵

你我细数今日缱绻

我为你披上轻纱

残缺的月亮明日再圆

2009年8月8日,早上8点整

花开今日

花开在今日
年轻的心捧起希望
献给幸福洋溢的日子
树叶中有春的美意
是今日开展的新奇

渐蓝的天落下光的雨点
是光？是雨？
潮湿的泥土里长出亮的芽
未来的树叶接见
它的第一天
年轻的心占有大地
这是成长的乐土
踏上永恒路途的起点

艳阳在脸上热起惊讶
啊，那亮的媚
是光芒四射的爱
这光沉浸的日子
正是青春不可或缺的闲暇
青春剥夺时光
换取一朵简单午后的红花

花谢在今日

彩虹熄灭后

晚霞，生命的孤儿

还记得那蓝天

在喜悦中艳阳重临

夜晚星星是心灵的新太阳

亮照永久

亮照四方

  我会选择在一个明媚的夏天回到那个地方，永恒湖依然在艳阳下荡漾。湖边的独柳，随风地摇；对唱的绿草，弯腰地笑。我摘一朵黄花，让它在湖里漂；湖很小，我在他岸拾起黄花：一生的永恒，就在这瞬间完成。湖里的微波，五秒里跨过湖面。清风来不及呼啸，转眼我已消失，只留下无人的蓝天下，一个美丽的湖泊的午后，独柳欣然摇曳。

2008年10月12日，上午9点11分

柳树路边

你，星空的飞
祈念，漫远时光残醉
星云有，甜笑的梦
再现美虹，绚烂彩带划空

不朽空间
背负久远人类振奋
拖长膨胀时间
在地球，柳树等待的路边

盘旋在，星河春雨交融
俯瞰，美好世界青苗盛宴
盎绿草原，是游走天庭起点
你，摆脱不了华丽人间

星球海滩残留眷念
金色湖水映照悠闲
五更夜空有彗星飞坠
挽留今夜于迷茫幽会

奔驰，星间广阔无垠
你，披星戴月追寻
网罗大地，再求绿叶飞旋

艳阳照，彩霞绚丽人间

万世转折在青草绿野
终极探讨是命运补贴
流转一回有妩媚相随
再苛求有相送甜美

午夜在，永恒邂逅
巡回美梦，看五彩斑斓日出
你，裸望星空终点
超脱，于星河渴望边疆

无数量子地球突变
穿越宇宙晴空桑田
重逢在星空深处恒星暴烈
扭转命运于银河一圈

春雨再浇，盎然绿意桃源
牡丹园，飞有彩蝶蓝天
触碰，灵魂深处爱恋
你，此生柳树路边永眷

2007年6月9日，凌晨4点32分

晚　风

在另一个晚风里你对我说，
轻拂的不止是憔悴的脸；
无辜的花朵，
承载永生永世的寂寞。

星空一片片的苍凉，
坠落人世无比的忧伤；
断了的歌，
永恒路上错失的激荡。

再晚的风，
仍在捕捉心灵的碰撞；
没完没了的星光，
是世纪结束、超越烦闷的导航。

在另一片星光里你对我说，
期待是憧憬的故乡；
每个夜晚的梦，
占据白天残留幻想的心动，
集结梦境不愿看到的彩虹。

2007年1月2日，下午3点10分

可抓住的今天

存在,就是不能让时间溜走!

美景今日可呈现
你是否抓住时间?
歌颂的早晨有百鸟欢腾
往年脑海里飞旋

坠落的蒲公英催醒记忆
春天似乎抖出过往的碎片
在可抓住的今天
你摇晃时光抖搂出回忆万千

那孩提时扑鼻的幽香
随回味的轨道呈现
有列车停在精湛美味
流连的岁月清新香甜

岁月是孩提的兴奋剂
启动童真的嬉戏
在一个午后没下完的棋
拜倒的将军重新爬起

风筝拖长了蓝天的消闲

在追逐艳阳焚烧的时光里
回忆把喜悦逐个叠起
成一座深情金字塔勇遮半边天

列车终点是草原的安恬
把守森林不愿剧烈火焰
没烧尽的残枝
指向生命下一站滂沱追念

海里的鱼被钓清了，童年
暴风雨卷起不应该的沉淀
死尸遍野是垂钓腼腆
烙印在时辰最后突变

跨越最后彩虹天桥
转眼是海鸥对岸远眺
没飞走的岩石
撑住无穷岁月的气数

海鸥再往蓝天飞逃
灭一个旧日的蜜月逍遥
补一个今天的回忆破绽
海鸥有不可言喻的骄傲

浮起星空璀璨延绵的美梦
梦里飞越银河的星船俯瞰永恒
在迷茫的星光里童年远去

记忆终止在天河的灭息

美景今日可呈现
你抓住了时间
记忆冻结在草原的安恬
记忆紧抱住你回想的今天

2007年12月19日，上午11点31分

星的发

我躺着
看到你星的发在发亮
没云的夜晚
月亮是尽情的光
点燃你我今夜的欢畅

笑语连绵的长廊
最后的一滴泪
化为此生动力追随
长廊末端有爱
是细雨连珠的情
串成彩虹他端的命运
细雨里有泪
是幸福的荟萃

浏览
灯火覆盖的夜
找不到黑暗
只有借着空中的微光
尝到的茶
命运的话
在淡然中随风批发
无形中有爱

尽享荣华绚彩

我躺着
看到你星的发在发亮
盛开的快乐的银花
布满夜空
此时月亮
远叫疾喊
催促你我缠绵时
脉动你我欢悦日
漫想里无垠的一切
云烟里声消影灭

2009年11月28日，凌晨2点整

美蝶清风

今天，是蝴蝶的时刻

美蝶清风舞现在
一曲悠扬昙花开
落叶飘在夕阳美
倦鸟飞抵今日累

星光夜天孵沉醉
陨石落在草原悲
时辰奔驰无月梦
甘露呼出朝阳红

浪洗沙滩足迹重
昨日回忆海风中
秋雨点点此时来
秀发沾满湿无奈

孤虹再往人间晒
开窗晨香迎七彩
桃花人面春风迟
美蝶飞舞趁现在

2008年9月6日，上午9点29分

伴老梅花泪

你
花香不绝在今日
湖畔玫瑰图腾美
欢畅流水鸳鸯醉
伴老梅花泪

你
清晨点香祭天蓝
烤光绿叶熏光爱
激情亢奋永不再
丁点时光卖

在
午夜梦回继续追
留有光阴气有推
伴老梅花泪
流光漏斗即时
雪花半夜消失

请
五更艳阳美丽
替换翡翠琉璃
人儿今朝归去

留下无题
美在无须言喻

拐走
降临今日的美
焚烧年代咄咄逼人
留下是否平躺
邀来喜鹊天堂
真情四方

今日
停在此时

        2010年10月5日，凌晨1点4分

来自另一个世界的爱

这是来自另一个世界的爱
清晨湖畔,清澈水波里
你微笑容颜浮动现在
我没让这时刻溜走
亲吻水波
沾湿的唇品尝了永恒

静寂的早晨,雾飘来
水波里的你说
看吧,你选择的今天
就是爱雾缠绕的现在
雾是我,给你此刻的拥抱
让水珠沾湿你每一寸肌肤
在我还没乘飞船过来时
带给你先到的幸福

水波里你说的话
莫非是幻觉?
你的声音
是否清晨里残留的梦呓?
我梦
有另一个世界的爱
在紫色的天空里大放异彩

在粉红色的湖边悠然徘徊
她遥远极了
只能在心灵的水波里出现
但她的声音
如今扰动了我的早晨
那会否是我
无助的心声？

我拨开晨雾
看今早残留雨珠
雨珠反射霓虹彩光
里面我似乎看到你的身影
在虚无的遥远挪动
这是否是你远方传来的信息？
回荡在早晨的只是空有的声响
你甜蜜声音的幻象

雨珠在朝阳里挥发
我焦虑了
那是我与你最后的联系
连水波也停止了
你微笑在阳光中远去

艳阳呀，你为何那么阴暗？
蓝天下的黑洞
是你扫清所有希望后的残迹
陪我度过悲惨的亮丽

绿草也枯了
死在这绝望的艳阳下
雨珠里的你，去了哪里？
水波的微笑，飘走在这明亮里
再强烈的阳光，也照不亮我心灵的角落
大地，是末途的今日
憧憬的死路

煎熬的下午
生命的孤独
烈日的沙漠
无水的泪珠
等待，等待

爬尽枯干树草
绞尽炽旱森林
蒸透最后氧化氢

黑暗降临
烦躁的艳阳已灭尽
蓝天障碍的去除
是亿万星光的国度
黑暗带来希望
晶莹星光里，是否有你栖息的远方？

你的声音，在黑暗里浮现
声音里的你说

看吧,你等待的现在
就是我乘飞船降临的今天
人马星座左边发亮的星
就是能找到我的天庭梦境

地上已有早来的甘露
五彩缤纷夺目
又有雾
环绕在这夜晚的孤独

甘露里你挪动的身影
是你降临的前兆
黑夜里的湖突然有了水波
承载你幽灵的微笑

雾包围我
我感到你的拥抱
你说听吧
我的脚步就在你不远处报到
雾变浓了
它沾湿我的肌肤
肌肤上湿气满布
湿气变成流水
流水变成冰
冰块迅速成形
冰块从我身上剥落

你拾起冰块,站起来
你说,瞧吧,我的飞船就在那里降落
遽冷的空气是我飞船排出的热气
让你吓呆了,对不起
早上我在水波里对你说
我的身影是雨珠里的清甜
你放走的永恒
正是我飞船的动力
那星空不可思议的跨越
在你心里完成

你的微笑
已不囚禁在水波里
艳阳不可战胜
这夜晚的亮丽!
我们在湖边
共享星空的永恒
拨动一湖热水
平息我焦虑的心声

这是来自另一个世界的爱
在今天的夜晚啊,绽放异彩

2008年1月6日,中午12点41分

辑二 | 夜空今天

光·轻·飞·风·鸟

也许宇宙的早晨是这样开始的

如光
在早晨的刹那
在海边
舒展你梦境残留的喜悦
淋尽你细胞每个微孔
再催醒你的灵魂于今日欢畅

你在海边
踏下沙能承受的脚步
如轻
飘于这曙光时刻
天渐蔚蓝
星空退到地平线下
你可展翅
腾飞到光天交界
把光与天撮合
成梦境憧憬的白昼

如飞
是海空供给的无穷
东西南北的东

光在那里起航

你站在光上

随它跨越海空

东西南北的西

是你落脚的领域

那是夕阳将染红的大地

在今日疲惫之后

周而复始的短暂停息

东南西北的北

如风

席卷天空刚冒出的云雾

使万里苍穹

只有蔚蓝

没有沾污天空的白

也没有蒙蔽视线的雾

如蓝

不可捉摸的无限

不可捉摸的永恒

开展今日的飞寻

抱蓝天不可抱的大

如海

在这早晨起伏

如呼吸

吸取要命的空气

你沾湿手

体验它给你的纯净

本应该在这早晨

游个净化灵魂的泳

但你盛装赴会

与这清晨

跳个旋飞的舞

东南西北的南

是你舞姿腾飞的方向

候鸟在这个时辰已上路

你陪它们吧

如鸟

寻找永远安恬的归宿

光

如清晨

在炽热的朝阳里结束

逃往等待它们的心灵深处

      2007年12月30日，上午10点18分

夜空今天

海边，有长远的留恋
星辰，催促岁月的飞旋
你，抓把沙撒向夜空
陨石的坠落勾起远古的追念

不灭夜空
背负起永恒的延绵
那流转不断的星辰
承载时光的无限
黑黢黢地不可捉摸
环抱心灵的终点

美丽星天眨眼召见
让宁静彻夜涂遍
再有海里高冲的浪
伸手捕捉星空的海洋
升华，是起点的怅惘

星空的海洋
激情深处金光荡漾
古老的流星
砸碎无情的月亮
片片金光填满夜空

是远古无声祈求的回响

星空的海洋
泛起希望的波澜
暗流涌现参宿天堂
带动即将吐露的曙光
趁波浪还在酝酿
欣赏星空宁静迷茫

星的波浪、海的波浪
冲走宇宙零点怅惘
你，再撒银沙于夜空今天
坠下来的喜悦弥漫人间

        2007年12月8日，上午10点53分

你踏梦而来

追随里有梦,见证时光的青睐

你踏梦而来,
这精诚时刻,为你敞开。
你是梦的泪?
还是梦的醉?
时刻窥视未来,
抓住永恒流光,
在泪与醉中献上激昂。

你背梦而来,
看,银河已贯穿苍穹,
忘了的歌,
今夜你重唱;
旋律扭转命运的河,
急转弯在人生坎坷。

悄悄云雾来,
你找到雾里的花,
填满人生的空白。
纸是昨天青春的舞台,
墨是今日时光的青睐,
水透过纸,

注满过去光阴的无奈。

但，你踏梦来，
我们青春的舞姿，
你梦里追踪；
想看清的夜，
梦里已阳光四射。
好吧，也在梦里飞寻，
抓紧四散的精灵，
原来明媚已在人间！
你啊，
是梦醒的逍遥，
也是梦境的娇嫩，
永无止境在我心里，
阴。阳。追。随。

2009年3月8日，中午12点16分

晚　风（二）

在另一个晚风里我对你说，
天鹅的你是腾空的花朵；
惊醒的苍穹，
喷放七彩的天波。

平飞祥雁千里探索，
转一个蓝天万点降落；
陪一只白鸟仰天高啸，
唤起乌鸦今日洒脱。

再往无尽星空紧握，
把住不惑闸门枷锁；
倦鸟无知绕梁三日，
换走朝阳带来日落。

蓝天背后无穷沉默，
引渡水珠美花漂泊；
有三更梦魇惊醒，
归鸟迷途谎言不破。

在另一个晚风里我对你说，
埋藏的不止是无谓的寄托；
追踪晨鸟飞奔的方向，
找一个美景等待人间日落。

2007年4月13日，晚上8点13分

在这夜晚停留

停留时刻,选择再生的云烟……

我已在昏迷中送走
那悲哀满布的星球
已不在我视野里
荒凉疮痍的夜景
是残存心境灵魂的倒影

曾是那蓝天下哀叫的秃鹫
模模糊糊冲刺沙场的悲鸣
我醒来在迷糊中迎接
那星光满布的北极天
已燃成岁月里的灰烬

你曾铺设漫长岁月的地毯
让滚在软绵绵的温暖里祈求的活跃
冒出庭院的大门
东张张,西望望
星球是否已重放曙光?

美丽
曾是你追逐的梦境
停留的夜晚

有陨石坠落在草原远方
你眺望流水带到的他岸
没有曙光的将来
这里盘旋在树林舔水的岸边

我选择在这夜晚停留
因为天边有再生的云烟
虽然扑灭不带走
战火清算后的厌恶
又在点亮的爱恋里纠缠

风吹草原
再等明天
婉转后行使的刺杀
没灭了心愿
却辜负了今天

晚风带走
我这次停留的需求
你贴身树林软湿的借鉴
把灵魂化成一股云烟
让我到他岸徘徊
寻找丢弃在那里的爱恋

我从昏迷中醒来
星球已满布兴奋的现在
已着手建造复兴大殿

在可望见的日子里
那行使刺杀的秃鹫
暂时躲开不幸局面

我在这夜晚停留
有个轮回的证据
敞开夜无限郁闷的
重复无数遍的追逐
最终抵达愉快的终点

这是冥冥中注定的乐园

        2007年11月19日，晚上8点4分

细腻的你

细腻的你
缠住我夜的梦游
我夜
在曾徘徊过的小径
再携你手走一遍人生欢喜

我说今晚的星星它
为何照不亮你的脸
让你灿烂笑颜
躲在黑暗
那角落无悔光辉？

我还蒙在鼓里呢
原来银河还没升起
你不愿让灿烂笑颜
只沾上零碎的亮
那保留的绚丽
是深夜的宝藏
等待无悔播放

有流星雨
划过夜的沉寂
在迂回小径

你是我梦游的小灯
微光轻吻路边小草
让我细数此生欢畅
欢畅
就是小草的今晚
我看它们紧抱着
不寒冷，夜的路边小石块
与它们相依为命地
为银河升起认真等待

真的如此重要？
银河升起像是万物动力
隐藏夜的今晚
无数昆虫百兽
你我不孤单
但微光里我趋近看你笑颜
哈！原来她冻结光辉
已不管银河会有多亮
笑！就是黑夜沟通
万兽早明此理

小径在夜晚走向湖边
有一只鸟在暗淡里
拨水把浪推向你我
探讨的旋涡
在此酝酿

银河还是升起

当我看清你的脸

那亿万颗恒星带来无穷

你抛给我一串光点

原来每颗心灵珍珠

已串好在我们人生长河

只要这片湖

那只小鸟送来的浪

交接处砰然火花

河，流入它永恒的家

细腻的你

缠紧这梦境小径

细数踏过的每颗沙砾

绕了两圈

回到湖边

发现梦游已到终点

应该告别吗

这夜太美

拾起一颗小石子吧

留着证据

让世间知道

有一个人

曾徘徊小径

在永恒湖边

勾起无数波澜

送回给那湖中小鸟

让它起飞
乘银河的光辉
跨越不可测量地
迈向永恒终点

摇醒细腻的你
发觉银河亮光
原来已沾满夜的枕边
在温馨里沉醉
又是人生一回的
快乐追随

2007年3月16日，清晨5点43分

美蝶今天

只要有蝴蝶,今天就存在!

美蝶飞舞在今天
似梦似幻似乐园
苍穹蓝光抚笑脸
爱在歌舞彩云间

晨鸟展翅挥轻风
流泉见底映笑容
艳阳朝气挡不住
唤醒玫瑰遍地红

绿野麦黄铺连绵
美蝶漫舞红花田
清香扑满桃花面
留有喜讯告人间

暖光午后照心胸
恋语爱意一点通
情到烈时邀红颜
再招美蝶舞今天

2007年7月7日,晚上7点36分

金　黄

金黄的雨，
洒落在心灵的早晨，
你低头无语，
惋惜那已远去的黄昏。

金黄的海边金黄的浪，
金黄的你有金黄的光亮；
金黄，在这早晨是怅惘，
挥不走黄昏远去的失望。

落日染红的云是激情晚来，
微风吹直弯腰的草，
要它向晚天呈报，
你有多少倾诉，
可以在这里相告。
云散了，落日滚下地平线，
仍有一丝彩霞，
在黄昏的最后时刻抓紧。

金黄的雨沾湿你金黄的发，
振奋的未来在这早晨萌芽。
雨是否已渗透你心？
你与这早晨是否同步光明？

晚霞，伸展，延绵。

你意志在这里薄弱,
投向晚霞泛起的浪波;
就有那么一点金黄,
悄悄地点点儿磷火在你肩上,
火势不凶猛,
只烧光了你的发,
晚霞再度问你,
激情什么时候开花?

撒手黄昏是星空,
但有太多的遐想,
不能在夜里完成;
需要那黄昏,
因为时间在那里停顿,
晚霞是永恒,
微风接纳无数的心声。

金黄的雨冲走芬芳的泪,
金黄的早晨有黄昏的累赘;
你应该往前拥抱,
金黄,是艳阳将临的前兆。

黄昏里落日渐远,
你再看那弯腰的草;
金黄,不再是早晨的独到,
你看吧,
在这黄昏里,金黄也满照!

2008年2月2日,上午9点46分

艳阳的美

你是艳阳的美,
夜捧托你星空的飞;
艳阳驱散满地沉寂,
供给你深夜的追。

逗留有早来的温馨,
盘旋在萤火光芒;
月曾普照黑暗的灵,
微光医治你爱恋的伤。

绕转百花齐放,
鸟儿也在夜里飞翔;
清晨一道阳光灼烫,
半个世纪放走悲壮。*

早晨欣赏夜的黑,
夜摒弃艳阳穷随;
三更有曙光的照耀,
情爱温柔提早报到。

---

* 在辑四《冰川世纪》里有一首《清晨一道阳光灼烫》的诗,把这段里的最后两句扩展成一首完整的诗。

平息酝酿花月禅，
晚风中云消烟散；
但有不留恋痕的醉，
背弃星空缠绵的陪。

　　　　　　　　　　2007年3月9日，清晨6点51分

聪慧苍穹

深情夜晚,
做一个彩虹梦澎湃;
回旋星光,
点缀你晶莹脸庞。

趁曙光还在梦乡,
畅游夜莺垄断的天堂;
灵芝满布的草坪,
发一款静悄悄的芳香。

趁怅惘还在远方,
游一段百花陪衬的旅程;
半个世纪的时光,
留给了深海捕捉的失望。

生活乐园跨时代沧桑,
暗火烧尽不齿花朵;
美滋滋的春雨,
浇洒湿润蒸发迷惑。

看一堆彩虹废墟欣慰汹涌,
猜一串响雷天庭聪慧苍穹;

无情岁月粉碎生活魄力憧憬，
有情蓓蕾青葱葱，
拯救余年魅力人生红。

2007年2月20日，早上7点27分

美丽的风

抱吧,美丽的风;
刹那间断裂你我无尽的缠绵。
卖枯枝的女孩,发放鲜花沾湿你我的胸怀。

灵魂夜,奔起了无数高歌的震撼。
你我心,卷走践踏芳草的地毯。
才有你我仰望朝阳的明镜,
又有乒乓叮咚贩卖的叮咛。

免了吧,晓风残月累积的罪孽;
没有方向的云,正是你我乘风破浪打消的冰雪。

灵魂梦,敲碎枯枝扭转的残冬。
不变的情,是你我宣誓的约定。
美,是风里尘埃刺骨的蜕变;
美,抛尽黑虫腾飞转变的傀儡;
追,倾诉虚拟世界喷开的懦弱。
灵魂再梦,消灭木马无声的糟蹋。
灵魂攀爬,你我誓言堆砌的天空。

瞧,爱神磨尖命中注定的毒箭,
射慌了他自己,坠入盛满爱欲的魔湖。
半沉浮的摸索,半沉浮的剃度,

不知转世灭绝多少的倾诉。

苍悠悠的梦，蓝天又背负起重生的定局；
清甜甜的风，漫步憔悴枯枝索取苍凉的末路。

断花的日子，美蝶飞载抚摸彩虹的未来；
有一个世纪的时光，捕风捉影遣走眷恋的谎言。
残留的是你我不可言喻的爱恋；
美不胜收，
精灵果实传遍瀑布万点水珠灿烂，
折射七彩感人的故事！

2007年2月7日，晚上8点1分

爬藤今日

风中的你
在爬藤攀爬的今日
抓住生命的轻
与光阴共舞
消磨快乐时刻
在日暗月明
周而复始宿命延续
无止境的不倦

爬藤今日
你时光欢欣
艳阳普照矮墙
在一个微暗角落
你歇息
白墙爬满兴奋的泪
拐弯处是你计数
艳阳抚慰过多少绿树
在无虑的日子里
献给快乐一个惊喜

快乐时刻点燃欢笑
焚灭了爱的踌躇
情在死角找到出路

刹那间是个蓝天

拜不可扭转的命

赐福于白云飘逸

树荫下蓝天看不到

休闲的爱在那里摊开

爬藤今日

你挥舞振奋

撩起无数飞奔的蝶

喜滋滋传递彩梦

它们也沐浴阳光

为展翅带来动力

在飞奔的随机里

停落命中注定的草丛

为绿来个亲吻

吻开绿野传送喜洋洋

无止境风波

风中的你

你抓住生命的轻

在阳光今日

接纳草原给你的爱

轻吻光阴

让日夜循环停顿

刹那间你轻飘

随飞叶而逝

爬藤在拐弯处歇息

你挥手再塑微风

让草原的波浪

沾满你爱的痕迹

光阴就在此刻

歼灭不散的踌躇

扑向永生快乐长途

2008年8月8日，早上7点48分

微光里的青苍

畅游寂静的乐园，
月色里开放的花朵，
有无穷艳丽的新鲜；
它们触动夜，
泪流在萤火光芒的点燃。

点燃，
是无数血红玫瑰的释放，
在你心灵的荒野，
引领你飘向情感的他方。

路途，
是满照月光的希望，
在转角处，
你卸下多年满载的背负；
富有同情爱心的土壤，
在那里承载你一生的飘荡。

青苗，
在另一个世界的微光里成长；
布满心灵草原的欢欣，
赋予月光绿色的激荡，
轻描淡写着生命的欢畅。

轻描淡写着你旅程末端休息的累，
累，
是肉体投入无垠宇宙的前奏；
振奋的时刻，
灵肉勇闯紧锁无门的斗场。

回到萤火光芒，
微弱，
却照亮搏斗的长途；
这没有月色的夜晚，
你踏上回家的道路。

起点，
是地球另一端光亮的明天；
不需月光的照耀，
你看透通往永恒的大道；
白天里的玫瑰，
更雪亮地呼号，
呼号，
在热血奔腾的清早，
在新的旅程的起点，
起点的今天。

你雀跃，
无垠宇宙敞开怀抱，

再也不放走,
珍贵的每秒每刻安宁,
重拾的生命永恒欢欣。

2007年5月

永恒湖

夜沉睡梦境永恒湖,
星光反射湖水波澜;
轻鸟入水安恬晚风,
闲草湖边招摇浪漫。

有宁静弯途带走末日,
路途尽头是永恒过渡;
升华,闪烁,满空,星尘,
跨一步银河点燃。

鸟又腾空,
星光冻结在翱翔永恒;
飞星的梦,
成宇宙舞台光辉嘉宾,
戴寻梦勇士徽章,
拖不断飘越心灵轻轻。

星的包围,
有喜庆梦境嫣然陶醉;
不晚的风,
吹起沙尘催眠长睡;
不灭的云,
是载体混入宇宙前兆;

不死的心，
冲破拥抱宇宙圈套。

走回湖边星光点点，
心灵指标绕过极点；
有永恒湖美丽波澜结局，
唱湖水无语胜利晚歌。
平躺的情，
是湖面点水鸳鸯浮萍；
流水的爱，
绕无数星湖重生天庭。

远处迷糊的灯，
是天河恒星坠落凡尘；
熄灭在草原远方孤独，
没燃起再生的梦。
但有一点磷光，
是苍穹承载的情，
在这里随风蔓延，
在那里春意连绵。

2007年4月7日，早上7点12分

梦嘱咐的今天

清晨我在梦呓中苏醒,尤记得昨夜的梦……

轻风早晨,
告别夜的驰骋。
曙光中,
有清甜鸟叫树摇。

梦嘱咐的今天,
是否实现?
在一个烈日当空无眠,
徘徊在池塘露水雾烟。

有万马奔腾的日子,
朝往乱尘沙漠终点取索,
会合在青山可攀天处,
拉一串金光爬藤,
飞驰与浮云翻缠攀滚。

再往天庭高风探望,
有稍微的无知、少量的迷茫,
在这天上开旷美丽的花圃里,
你找到了幸福泉源?
你找到了丰盛今天?

云有不断拉丝延绵，
天庭供养水珠无限；
畅游吧你飞天此时，
抱紧每撮快乐现在。
梦嘱咐的今天，
就是你沉溺乐园。

更高天边太虚空间，
爬藤满是挑战意念；
攀三层灵光天梯，
拖五步天堂炼狱，
再呼走肺中最后空气，
抵虚无统领天地。

你梦的嘱咐，
是否忘了氧气需求？
你肺的空荡，
是否抛开最后人世追究？

也许吧，
在这失重无束境地，
没有任何契约法律；
只有飞，只有美，
太虚无垠宇宙眼前，
探讨生命最后极限。

星云伸手可及,
理念飞奔无拘;
抢天河黑洞发光的边疆,
造牛郎织女过渡天桥。
梦的嘱咐,
你要成全天帝改造宇宙的大愿!

你想想,
在你疲惫的晚年,
能否再呼星唤月,
重塑五亿恒星轨迹?
如今黑洞能量在你掌握,
五亿恒星重力场就要挣脱,
你只要树立理念,
爆发的天河就是你的意愿!

转头你修理残破星团,
颗颗星感动连绵,
你重塑破损星球气层,
让生命重新传播无边。
你构架跨时空虫洞,
造天河间超速沟通,
你平息中子星有害辐射,
点燃无数星球生命高歌。
你联系平行宇宙智慧生物,
告知他们这里生活坎坷,
转头你抓把银色星尘,

撒向巨大无比的时空泡沫中间*,
铸成一个崭新天河螺旋。
接着你拉出星群长线,
挂一颗火热太阳,
抛出跨现实星海亿万光年!

然后你风雨暂停,
露水烟雾安怡;
仰望星空新姿,
更绚烂星光无限。

安恬里你引吭高歌,
落日晚风清茶回想,
寰宇巨变弹指间,
你成全天帝改造宇宙的意愿。

这,就是你梦嘱咐的今天!

2007年4月15日,上午10点32分

---

* 根据目前对宇宙结构的理解,宇宙里可观测到的两万亿个星系,不是在空间里均匀分布的。每个星系,例如银河系,可能就是由上千亿颗类似太阳的恒星聚集在一起构成的,呈椭圆状或螺旋状。椭圆状或螺旋状星系聚在一起,形成宇宙尺度级的网状组织。"宇宙细丝"就是星系聚集在网状组织上形成的结构。这些"宇宙细丝"可以有数十亿光年长(通过望远镜看起来很细,那是因为很远的缘故),里面有无数的星系。"细丝"之间的空间就像泡沫的内部,相对空荡,星系和物质的数量相对少,而这些空荡的"泡沫空间"可以有数十亿光年的直径。这就是目前所理解的宇宙的最大尺度的结构。

辑三 | 星星的日子

星星的日子

在星星的日子里,
你对我说,
生活是美丽的花朵,
背负永世的承诺。

星星的日子有奔波,
阳光与月光斗明亮;
评点日夜的收获,
回避光阴的旋涡。

星沉月浮,
你拐走我的寂寞;
青春驰骋在梦幻草原,
追回往世的漂亮云烟。

星星的日子有晴天,
太阳与月亮争娇艳;
清算黑夜的掠夺,
迎接白昼的信念。

星星的日子,
风筝飞起昂首祈望,
你记忆在微风里休闲,

我回味在晚霞里游遍。

那夜晚，
星斗满天的海边，
我们脚印沙滩上发亮；
陨石坠落心灵远方，
推来磅礴的深情海浪。

那清晨，
曙光还未惊动梦乡，
甘露已定蒸发方向；
我们徘徊朝阳现在，
沐浴晨曦永远开怀。

在星星的日子里，
你对我说，
生活是无虑的洒脱，
逃不出快乐的王国。
你对我说，
你解放，我寂寞，
换来个人生宽宽阔阔。

2008年7月27日，凌晨4点7分

云·天

攀升的喜悦……

我上云天
啊,那广阔的空间
那蓝色的无限!
灵,可否在这里奔驰?
心,可否在这里宁静?
白鸟飞过
这是它的天国

我飞
在滚滚白云
将虚无当作地毯的时刻
我栖息在飘浮
灵,在今天化作轻
没有拘束是欢畅现在
轻的空气
轻的新鲜
灵
找到终点
在快乐云间

云消散了

在炽热天下
就只剩下蓝
虚无光子
与空气里的颗粒碰撞
供给心灵永恒无际
驰骋遨游天地
蓝
在心的永恒里是光
光
在心的永恒里是亮
不可捉摸的光子
在这里促成激荡

天外有什么？
太虚
撑着天的屏幕
实体化的梦
在这舞台上展开
蓝，就是它的海
变幻无穷的云
就是它的浪
汹涌澎湃在蓝的天国
支撑无数个梦
在那里悸动
在那里怂恿
心无底的沉溺
沉溺天海凄凄

与云飞舞吧

跳个曼波

昼夜穿梭

不知梦可否在这里扎根？

长棵巨树覆盖苍穹

树枝与云交织成浩瀚的网

我上云天

网上睡眠

梦飞雾烟

添灯加酒

快乐神仙

我上云天

这是净化乐土

灵的栖息

心的甜蜜

这里有永恒

岁月里欢腾

再有彩霞的唇

在末日亲吻黄昏

每日每夜的梦

在这里督促蓝天

要它永不糟蹋

情给它染上的爱

来个交代

让我们蓝天之旅

无止境开怀。

2008年7月29日，下午5点19分

美丽的记忆

青草
我们去年的歌
不就是晚风里携手的
爱?
追寻
微风残柳提示的夜
夜里有那星斗
你我誓约的守候

星斗绚烂
细雨夜空出现
沾湿你亮丽的发
流过广阔草原
青草
这世界不就是我们所要?

某年某月
爬藤再攀晴天
撒落满地的碎叶
我们徘徊
相思涌现的井边
仿佛大海就在这里扎根
去年的歌

此时欢唱

什么是情感的
波浪？
不是汹涌的月
惊涛的天
是飘浮轻松，彻夜躺满的
青草
未来必有过去记忆难忘的印记
未来，必有被爱恋甘露滋润的草原

         2007年7月21日，下午2点32分

晨

晨光你看充满奥妙!
一丝丝的亮光唤醒清早,
绿野伸展彻夜懒腰,
朝阳热气无条件环抱!

你,醒在这清早,
也醒在重生的一刻!
欢笑烦恼晨光中洗净,
新鲜无比,
是鼻子里的淡淡香气,
是凉爽晨风环绕你身体!

晨!畅快无忌!
小鸟歌声中,
你张开感情的旗帜,
宣布爱是你早晨的心跳,
情是你早晨的呼吸!
昨夜呢,是混沌宇宙磨炼未来的泥渣!

晨!你亲吻他!
他是你思想起火的起点,
他是你灵魂燃烧的催化剂,
亿万光子横扫大地,

吹走你昨夜疑惑,
带给你新生烟火!

高昂亢奋蓬勃万象,
在这个早晨里,
你体会了生之奥秘,
绕过不可知的终点,
又回到感悟的除夕。
你再也没有迟疑,
生活,就是勇往向前的冲击!

中午艳阳照灭最后一道曙光,
但清晨
已完成他的使命,
在你生命的拐弯处,
铺设了直通永恒的金光大路!

        2007年8月19日,上午10点26分

快乐的草原秘密

那春天
你捧着我手里的爱
吹散蒲公英向天开
那春季
有能耐的魅力
杜绝草原的诱惑
躲往幽静的洒脱
你和我
栖宿光阴留的窝
从此幽灵不再寂寞

你和我
消磨蓝天下的绿
有光阴流过
你和我
时刻不可捉摸
撑起一把雨的伞
却挡不住情的洪流
蓝天给你惩罚

落下零星铁沙*

洪流飞过
蒲公英回来
你踩平扭捏的崎岖
把蒲公英吸进肺里
你想发散?
想爆开?
蒲公英又吹出来
这回蓝天吸引住它
不再回来

蓝天下
当青草绿
我不顾闲暇的抗议
携你手飞越山坡
在山后寻找快乐
今天黄昏特别早来
我们还未着地
夜已把晚霞抹上

---

* 2020年3月12日,天文和空间网站(SPACE.COM)发表了一篇关于"铁雨"的报告。距离地球640光年外,双鱼星座的行星WASP-76b,由于距离它所附属的恒星很近,地面温度可以高达2400摄氏度。行星科学家通过仪器探测到该行星地面上的铁被高温汽化,铁蒸汽升到高空,降温后形成"铁云",然后以"铁雨"(铁滴而不是水滴)的形式落回地面。本诗写在这个天文发现的十年前,诗里面提到的"蓝天落下零星铁沙",当时只是一种想象而已。

我后悔没有钩住草坡的绿

你和我
仍然捧着草原的点滴
不知要去哪里
当然夜没给我们选择余地
把星光硬塞进心里
那就是快乐的
草原秘密

2010年10月7日，上午9点整

玫瑰你今日

玫瑰你
今日
腾飞在我心
我冷却的生命
得以重新在此时
再度燃起
大地绿草今日的原野

此时
我心飞腾
追念人生每刻
不可挽回的细腻
把它像蜜糖
填满真空的睡
甜蜜在嘴角留下永恒的印
此时
欢乐的时光梦里纠缠
呈现在今日的累

玫瑰你
今日
拥有我不见经传的泪
滂沱雨下在夏天的响雷里

你今日

有我说不尽的追讨

往过去每刻寻找

灵魂沿着海水

舔走泡沫里

无穷尽的美味

是下午

花丛里有雾

不可能的花朵

绽放此时欢乐陶醉

你握紧我手

玫瑰

恭贺此时的腾飞

你在灵魂深处

抱我徘徊无度

抱

不可抱的时光

在我欢欣时刻

再催点快乐无数

玫瑰你

今日

是我振奋的歌舞

白色的肌肤

反射

此时刻

可抓紧的泡沫

里的彩虹花朵

手里沾湿的水

是时光印记

不溜走今日

永世难得的兴致

玫瑰你

在今日

是我紧握的旅途

            2008年5月25日，早上7点41分

你的彩蝶乐园

清风回旋在彩蝶乐园
盼遥远流光拜访今天
你，承背一夜美丽的梦
消耗激情在梦境缠绵

梦，带你走遍世间奇缘
采集的今天，累积的新鲜
你，一天回首满载带走
无穷欢欣喜悦人间

人间，是彩蝶飞舞的今天
你，戴上美帽沿街炫耀
无数盯着的眼睛，连续地跟跑
彩蝶再往蓝天飞逃

落叶又在脚跟追讨
昨日的爱恋　今日回报
无穷可能展现永恒面前
追一串幸福快乐连绵

你，主导命运，调理未来
在彩蝶飞舞百花之间
抓一把今日的蓬勃爱恋

你不放走永恒开怀

在鸳鸯湖,你收拾晴天
湖水波澜,你憧憬幸福年
湖边水波碰撞希望
你,紧握未来美好天堂

2007年8月11日,凌晨4点5分

情在秋

情
艳红的树叶有秋的印
覆盖无疵的心
情
无疵的心献给
秋，无量的感觉
风
刮清残叶亮出赤裸的地
秋再度沉溺
风
心是七彩树叶秋的颤抖
沦陷于美的丰收

你再度欢庆秋给你的
无数流连
那沉浸在彩叶里的快乐
秋
不模仿任何炎夏的亮
它照亮是灵的深渊
在深渊里，重创闪光
秋
这是它的使命

情

在秋气里焕发

抖动你我的心

抖落无力的叶片

我们放弃矜持

疯狂乱抱彩叶的野媚

情

再给秋，风水转移

秋

给情一分惊喜

撮合在暖风烟雨

你我不灭的，爱

又有落叶

再谈憧憬想望，升起

月

情

秋、风

暗淡云里我们与秋共识

在美好的今日

2007年8月23日，下午2点1分

惯性飘走

听吧!无声的鸟叫!无波的浪潮!

当惯性束缚着我
我一念之间不能摆脱
缠住的光与草
是否那永恒的风波
就在这里停息?

当你束缚着我
我抱紧现在
不理远方朝阳的召唤
日出,我就在这里
你娇媚的片刻

转眼,清风
已释放了惯性
那风筝飘走
洒落的泪
陪衬蓝天的孤单
光与草弯腰
在落日的微风里

但我不能释放你

因为朝阳已经停息
那空间已经奔放
你是我空间里
唯一的美好
唯一的骄傲

风筝随着惯性飘走
再也没有留下可抓的线
但我有一团朝阳
在心中燃放
那是你清澈的媚
我灵魂永恒的追随

风筝终于回来
但已无线
明显地
它的旅途不需要风
就像无燃料的发动
片刻也不能停止的永恒冲锋！

2008年10月21日，凌晨2点55分

蔷薇美满

艳阳唤醒蔷薇今日
美满生活清风递送
有初春杨柳早来温馨
飞旋晨鸟运载憧憬

白云悠荡蓝天仰望
细雨清晨尘埃落尽
丛林深处有钟声叮当
美满生活流泉叫响

蔷薇布满人生长途
早春犬吠单衣上路
有转折梦境迷茫回归
终端点燃心灵火堆

午后闲聊暖风旋律
紧握人生绚烂，此时
有轻声细语美满寄托
爱湖西边酝酿水波

      2007年7月20日，上午9点34分

嫣红徘徊

我在艳阳处徘徊
看见你
清风飘来
带走
无虑的泪
带来
心灵畅快无猜

艳阳的脸
是你庆祝蓝天的起点
轻盈的笑
再邀深绿的草
我陪你游荡
彩蝶飞舞的乐园
心灵没有比这样
更快乐的温泉
更鼓舞的今天

今天
是清香再找
再找无拘无束的长道
长道有迂回的关怀
关怀是你我追寻的实在

转眼

艳阳成彩霞明灯

在海滩

你我踢走一天累积的沙

软绵绵的床

是星儿沉浸的海浪

在起伏里呼啸

无语晚歌在这里起调

有节奏的云

在夜空里逍遥

拨不开浓雾笼罩的月亮

在夜里激励光芒

悠闲的长空

是云飘的他乡

再寻美梦情调

你我携手海滩回到

仍有彩霞的黄昏

走一回海沙覆盖的长道

你嫣红的脸

有无穷的憧憬

憧憬在美景复燃

燃起银河统领的夜晚

星空激情

勾起清香再找

清风飘来

无虑的泪

心灵畅快无猜

艳阳的脸

轻盈的笑

夜

面对快乐的迟到

残留彩云的逍遥

你我

永恒乐园就在这里建造

2007年6月30日，凌晨4点16分

神灵美味

天有无语的暗
催促你深夜的弹
你手指间飞动的弦
是流风急雨明天

黑暗的河畔给你遮掩
纵容你饥荒的恋
急躁划过夜空的流星
是苦难释放高唱的夜莺

没有晚歌
只有清脆铿锵回旋
是一世纪的照相
追另一世纪的回荡
在这铿锵里转折
这无缘里碰撞

又见火花夜空潇洒
衬托你彷徨的媚
热恋你脸上散发
蒸走末路穷途的泪
在晚风庆典追讨
已成跨渡江口的累赘

不寐
再有清泉细雨相陪
星光淌入你秀发的深渊
夜品尝你神灵美味

      2007年4月18日，清晨5点28分

爪 哇

蓝天下,
我们是多么的抓狂!
那无穷的火山,
是我们激情的喷发!
那无尽的地震,
是我们原始的厮杀!
啊!爪哇!
不平的理论,
联合国的糟蹋!
人性的怒吼,
生命的践踏!
啊!爪哇!
我们喷血的兴奋,
你给我们充足的鞭挞,
让地震终止在我们的脚下,
让火山熄灭在我们的鼻下!
爪哇!
我们的细胞已爆炸分离
我们的体液已喷干
爪哇!
爪哇!
大爆炸的泉源,
静潺潺流水的炊烟。

你我吮吸着草原的奶汁，

甜蜜永远。

哈哈!

2009年11月11日，早上8点45分

延　绵

春光绿了春衣
包装里的灵魂美丽
一片绿叶上安恬的朝露
滋润今早唏嘘的征途

你在夜里开花
催生昨日模糊里发的芽
今早折断的枝
梳亮你岁月不停吹的发

激荡里有爱
盛世里寻找开怀
懵懂的列车
闯进烈火焚烧的年代
在火焰里浇灭
破裂爱情的残缺

你今生的憧憬
包装里紧锁秘密
拆开的礼物里有泪
洗干岁月扑灭的灰尘

在风里发抖

春的绿是灵魂的新衣

抖落的碎叶无知

春奋发在它的颤抖里

祈求的稳定

绿草碎叶

原来是春早有预谋的蜕变

模拟真实世界的

快乐延绵

         2010年4月24日，凌晨12点47分

早到甘露

花开春风日
喜庆人间时
美蝶献舞振奋飞
杨柳飘在清风吹
酒后醒
梦境仍光明
恍有来世音讯
牵动今日心
原是午后茶
余香缠绕黄昏静
加剧安宁

银河发光日
天兴地奋时
萤火勾画夜澎湃
星雨刷新旧日爱
月光停
黑暗吐光明
恍有陨石坠落
颠覆草原青
坐盼曙光来
早到甘露施慷慨
加剧精彩

2010年1月24日，晚上11点59分

辑四 | 冰川世纪

美城炊烟

心想蓝天白云，
脚踏红花绿草；
问世纪气势往何方流？
灿烂日子孤独美梦，
美好时光匆匆。

飘逝岁月换走苦涩，
转身跨越何去何从；
抓一把指缝间溜走的水，
洒一团冷漠的干枯。

美城升起锦绣炊烟，
软绵绵的糖使舞者欢畅；
月亮轻推池塘浪花，
星空盘旋在时代天堂。

回望的是不累的眼，
紧盯时间寸寸地爬；
吹走腐朽昨日的风，
盼来轻盈盈亮丽新鲜。

再想蓝天白云，
圆滑冰雪美梦；

问心灵旅程往何处去?
林里深泉静赏秋雨,
遍地灵叶面面红。

          2007年2月27日,下午5点43分

玫瑰冰雪，澎湃

冰雪沾湿你
红的花瓣已无尘埃；
你净化在这冬天的早晨，
冬的蓝天万里无云，
让宇宙里的所有光子
无阻地朝你奔来。

红的花瓣、雪天的亮，
你的灵感今天蓬勃激荡；
再没有更好的时辰
让你奋起面对降临的亮光；
像海一样滚滚的浪，
海鸥的舞姿无语沧桑，
在这时刻勾起不朽乐章。

雪天，疲惫的脸苍茫；
上个世纪的玫瑰，
在这个世纪绽放；
累积的无穷时辰的力量，
爆破时空墙壁的阻挡；
轻飘在这个世纪的玫瑰，
轻飘，
降落在疲惫的脸上；

笑容也绽放,
疲惫走他乡,
那累积的时辰力量,
挑着远走的重担。

玫瑰在冰雪里,
请来个兴奋的冰雪美丽;
跳动的心,
玫瑰的情,
雪白的肌肤、高贵的命;
不朽乐章这里奏起,
欢庆她一个超脱生灵!

玫瑰这里提走时光,
留下冰冻永恒沧桑;
白茫茫的雪,
能否青翠绿草生长?
提走,
无数个放亮,
再放亮的苍茫;
那脸上的刻记,
藏躲在背后悠悠惦记,
没有血色的雪,
苍苍,再苍苍。

冰雪沾湿你
红的花瓣已无尘埃,

你的净化已了无痕迹；
那海，
依旧有浪，
在澎湃里冰雪飞扬。

        2008年7月19日，下午5点35分

冰川世纪

绚丽花朵彩虹梦,
梦境迷蒙有仙踪;
你的美是否已解冻?
你的心是否已开通?

冰山指点心灵迷途,
再造风雨滂沱漂泊;
拐一个胜利的弯,
迷境终止亮光上路。

长长的旅程、长长的梦,
梦境幽幽深情湮灭;
有情花朵探讨在无情岁月,
等在路边的野草孤寂扭捏。

再踏上冰雪长途,
问雪花是否飘得幸福;
挨过雷电噼啪讨索,
紧跟阳光潇洒衬托。

曾有一个世纪的时光,
路途是无限的长;
但辛苦爬行的岁月,

没有辜负划时代的激荡。

青幽幽的流川、青幽幽的山,
仙境已远彩虹错过;
流放原野的模糊岁月,
载有十万梦境的能耐体贴。

矮灯在手匆忙上路,
转世也不过如此仓促;
漫漫人生匆匆度过,
轮回机器超载运转。

有一个快乐的日子,
灿烂高捧余生欢欣;
清亮的早晨,
无条件派送生命高歌。

不能忘是旅途残破,
雪上加霜冰川路挡;
难得云开吐露一线曙光,
攀爬光线奔向渺茫天堂。

有一个世纪苍苍,
众人聚集在结冰的湖面上;
人生冷暖变化无常,
冰川是最后希望。

更远的路、更深的激荡,
派发的鲜花安然无恙;
抵达命运转换终点,
一口清泉,一口人生的甜。

在永生边缘我们欢畅,
抬头又见星雨茫茫,
山川远水秀发瀑布,
抹不干脸上细雨甘露。

疲惫灵魂休息时光已至,
摘一个鲜果,摘一个香甜美食。

2007年3月3日,早上7点整

鲜花再舞日月情

看这里!
一朵鲜花在起舞,
飞凌草原绝美时刻,
高唱黄金岁月凯歌!

在这里!
无数的花朵累积的甜蜜,
独美的鲜花明媚照亮天,
他乡的追念狂爱一线牵!

是那里!
你怀抱孕育无穷未来,
漫长的河流汹涌,凯旋,
幽深的大海澎湃,胜利回来!

在那里!
青草的山坡滑下美丽的梦,
迂回的小径带你到爱田,
你摒弃平凡抓紧救命圈!

是这里!
轻盈生命午后甜蜜地留下梦,
再活跃的美妙也要缓求静,

躺下来是轻松闲聊的亭。

看那里！
时间滞留让你喘息，
但你鲜花飞舞依然，
舞在这里，
舞在那里，
舞遍到处落叶满地仍不停，
等待明天亮起再舞日月情！

2007年8月20日，下午3点22分

长谷秘密

碧空长恨烟火，
莲点秀水浪静波；
荒芜有喜乐埋怨，
揪出土里潜伏亏欠。

转身是一首春歌，
又见彩雾弥漫荒原；
环绕绿草包围的含糊，
点一缕轻松的烟。

腾飞有五谷的祝愿，
满山风雨是气焰缠绵；
冲不走的夯实草坡，
永埋残碎亏欠腼腆。

山坡里有永生记忆，
海涛在远处召唤灵气；
不透露是紧锁的谜，
长埋山谷永恒秘密。

回声激荡空谷灵光，
再唱山谣宣告愿望；
不平息的探讨，

请不走时空站哨。

他日回眸阴阳明笑,
吹云雾散作轻盈鸟叫;
没有白日照耀的角落,
躺着的深情等待解脱。

在最终胜利,彩虹花朵,
长谷敞开永生寂寞;
回旋里有时光慢马蹉跎,
找一点轻松涟漪伴我失落。

2007年4月13日,下午5点29分

你在天涯

你在天涯
我孤独的影子沾上了雪花
雪地里你曾留下的脚印
已于上个冬季蒸发
但空气中仍有你的香味
在这冰封的日子里让我品尝追随

香味是你
我夏天再追寻你的魅力
匆匆越过春季
等待阳光的神奇
百花中你超越甜蜜
在夏天的舞里让我升起
转眼你往太阳奔去
我喜滋滋牵你手共游星际
在炎夏的夜晚我们安恬休息
捕只萤火虫灯光顶替
黑夜的节奏循规蹈矩
灭了微光的最后力气

春季又来
没法逃避的百花懒洋洋绽开
又是你带来的振奋

在春还没有逝去时万马奔腾

你的微香

我不由自主地为你搭盖天堂

找寻你深埋的希望

还你理智

在奔逃里他乡直往

在溜脱中乘风破浪

你在天涯

我单独的身影夕阳西下

谈话的湖边没有细语

孤零零的天空布满彩霞

我看你会在梦境陪我翱翔

就在那众星照亮的天堂

我转身见你已入梦乡

你依偎在云的末端脸颊嫣红

梦境迂回渺渺茫茫

在甜睡里心花怒放

你我梦境会合

会合在没有妥协的今生憧憬想望

2007年11月5日，凌晨12点8分

拼命的天

拼命的天，
今早裂开一个大洞，
让黑夜流水般地涌进来，
连带星光点点，
冲入这白昼的中间。

我心中有一座金黄宫殿，
火红的太阳烧焦了它的屋檐，
亮绿的叶子贴满四处——
在广大的草坪中间
我们矗立了高塔攀天。

流进白昼的黑夜像墨水沾染了纯净，
它带进来的星光化成珍珠亮点，
戴在女人的颈上，黑暗重创了光明；
珍珠掐死了虚荣，
虚幻的女人尸体在高塔上焚灭。

我们是今日草坪的阴影，
不想成长的幼芽在阴影里休闲；
错过了阳光可能带给他们的激励，
他们更高兴地徜徉在无虑的日子里。

高塔上的烟，
重复着远古的信息，
一圈一圈地绕着腐朽的秘密；
红光宫殿里有盛满金黄的祭堂，
刺鼻的香驱走了万世的忧伤。

黑夜只剩下一条河流，
在艳阳下奄奄一息；
白昼击退黑夜的猖狂，
赎回无可匹敌的光亮，
重塑道德的高点，
重现不可抵挡的金碧辉煌。

没命的天，
修补了昨夜的蜕变；
万世伤口在这里闭合，
不流血的战斗亮光里遣走。

烟已熄，灵已灭，
我们没忘了拆下高塔，
让阴影里的草坪高歌萌芽。

2008年2月16日，中午12点28分

清晨一道阳光灼烫

清晨一道阳光灼烫,
燃起草原振奋张扬;
树顶轻吹暖风早来,
万兽今日秘密解放。

世纪开端精灵欢畅,
金光闪烁蓝天白阳;
但有暗流星空拐道,
末日气势地球重创。

荒野人类群起反抗,
陨石坠落大地烧伤;
星昏地旋月暗日灭,
再有海啸拐走希望。

天灾人祸万兽走过,
祈天保佑命运突破;
冥思苦想天体碰撞,
送走悲哀又来日落。

万灵秘密聚集山谷,
庞大力量幽静累积;
脱胎换骨飞腾猛兽,

呼风唤雨自然反击。

洪流回首汪洋深处，
星空导走末日气数；
草原花开春雨再来，
蓝天再有日月上路。

陨落异星热石猖狂，
转眼已成过往忧伤；
万兽拯救人类难忘，
携手再造明日天堂。

尸骸满野残存悲愤，
洗净过去烟乱云昏；
力捧大地山川再起，
流走沧桑血泪遗恨。

清晨一道阳光灼烫，
半个世纪放走悲壮。

2007年6月17日，上午10点25分

注：这首诗是跟辑二《夜空今天》里的诗《艳阳的美》有关联的。它主要交代在那首诗里，"清晨一道阳光灼烫""半个世纪放走悲壮"，这两个句子之间发生了什么。

镜　子

镜子里的世界，
暴风雨里湿透的草，
我抓住一把阳光，
挥霍在烘干朝露上。

镜子里的欢愉，
脑波出现回荡的声响；
倾听早晨蜂鸟的叫，
不知不觉中噪音已升上云霄。

镜子里的痛诉，
百钉的刺，破了天网；
飞车飙过晴空，
却洒下带血的泪。

镜子里，没有恨，
一滴血泪、一把火焰，
焚灭了世纪的兴奋，
转眼却是孔雀的飞奔!

镜子里，有爱，
彩云统领的花开；

遍地是拾不起的黄金，

只好连根拔起，

让地核的热量焚尽驱不走的悲哀。

2010年1月7日，上午9点23分

万物澎湃

颤动万里流云壮勇,
你是轻飘风里一片爱;
轻盈盈洒落人间花香不绝,
你静静聆听万物澎湃。

汹涌河流抛出鱼一串,
你是幽深的水里一瓢情;
湿漉漉沾满人生雨花不断,
你扶紧溜滑石头河岸。

暖天再
也没有啼叫莺鸦杂烦,
铺开一个永恒的天的蓝图,
铺盖午后休闲梦网。

只有青苍
在回旋的时光里琢磨舞姿,
爬回草原的虚无,
撑起一根满刻着幸福的秃木。

买来的阳光,
刺激无穷爱欲求欢畅;
点燃了床边的树林,

烧光放走无数愿望。
更有兴风作浪的闲暇盲鱼，
夺取消失的青葱颓败，
带来开始演奏的愉快天歌。

又临近美妙草原，
你抓把幸福土壤抛出蓝天；
当夜晚银河排除万难体现光芒，
你撒向夜空亮晶晶的银沙嵌满幸福年。

2007年4月4日，下午2点1分

等候的灵魂

玫瑰再度缱绻

细水的长流

占满夜的光

她抓住星空的枕头

撒往未来天空里的爱

这夜的无数溢彩

她把住

让点滴的漏斗

驶往时空的将来

玫瑰五度花开

爆出的夜晚

正是此刻的珍贵

她抓好

流光无穷的岁月

拾起坠落满河的星光

渡过的桥

正是鱼儿的黑夜

他端有歌声

微光满照喜悦的时刻

无穷在今夜的验证

晚

留下一丝美味

寂静里，腌陶醉

寂静里有一丝亮
玫瑰扑向九霄云外
在清浅的暗淡里
琢磨时光流的泪
玫瑰拾起
往日的醉
有一个飞
银河灿烂不归
没时刻，有音乐
冻结在永恒的
歌声络绎不累

歌里，她说
今夜，洗脱
白日艳阳的枷锁
她能轻飞
在夜里与生灵相会
相会有今日
缠绵无数
时光倒挂在天空的月
正是生命的催
赶往末端的推

来吧，静寂

今夜你最美

别忘了等候的灵魂

今夜他要醉

        2009年3月22日，凌晨4点20分

沧桑美梦

清晨微光里
脸颊有着泪水的你
美梦的悲情开始挥发
第一缕曙光送别沧桑

你奔跑在青山原野
追求那布满各处的草原花卉
但原野似乎有个阴影角落
侵蚀着心灵美丽的奔波

美梦在夜里铸造蓝天
连绵的苍穹云飞雾卷
转眼却是泪如雨下伴雷电
号啕在不可思议的晴天

为何乐园总有落叶？
艳红的花朵无奈地谢
你拾起失望心窝存放
有朝一日激昂再唱

美满的生活无处可躲
曝晒在布满野花有风的山坡
饥饿的兀鹰悠闲地飞翔在天空

几时是一言不发命运俯冲?

美梦夜里星光熠熠
借助她你寻找快乐天地
小径拐弯处金黄满布
你庆幸不费心思获得的灵魂归宿

美梦再找幸福出路
茫茫大海指点迷途
忘了吧那兀鹰带来的险境
浪波带来起伏安宁

无际海滩深情迷恋
沧桑的美梦，沉默中抵达终点

2008年4月6日，早上8点48分

永恒湖（二）

夜沉寂仙境永恒湖，
湖水反射无穷星光；
清风里宇宙屏气欣赏，
星光冻结在湖水波澜。

腾空的鸟，
划破夜空万里无云；
再来回地旋飞，
坠入满是星光的湖；
勾起轻波，
泛滥湖边残留的爱。

在朦胧里星光灿烂，
隔两重水寻找末端；
路的终点有绚烂的方向，
跨一步银河点燃。

熠熠星光再照人间，
抹干泪水永恒看见；
倦鸟栖息在水波停止处，
喜悦降临爱恋湖边。

远处陨石卷起

一轮明月烟雾不散；
再有轮回的歌，
弥漫草原上幸福的起点，
歌声回荡日夜不变。

最后升起一点星光，
是永恒星群终极希望；
星光投射天庭，万丈光芒，
扭转命运注定品尝。

没有夜晚的歌，
没有预约的情，
在这里敞开愉快心灵。

2007年4月8日，凌晨4点39分

安康夜

安康的夜
幽婉的歌在心灵回荡
勾起年轻时的记忆
那绿草里的相会
草香仍未消散
在这个回味的夜晚

你曾在蓝天下
让微风轻拂你的秀发
银铃叮当的笑声
在一个下午告诉我
你我柔情永世不变
誓约烙印在春风歌唱的草原

潺潺的流水
唱出的曲调是今日的美好
我们情不自禁
就在今天起舞
舞在欢畅流水边
舞在振奋的绿油油的田

精致你的眼
岁月的恋痕在你秋波里荡漾

你眨个眼

我在有绵绵春雨的早晨

回你一个阳光的飞吻

吻在你稚嫩的脸

蜻蜓知道要在那里沾上水花

往蓝天攀飞

飞越你我渐远的童年

泪雨交融在水花的清澈里

你无邪的脸渐渐远去

娇媚你的脸

在另一个年代向我微笑

我抵御不了你的娇柔

投降在心灵火光

刹那点上的那刻

有如千百支蜡烛

制造一个火海的日子

在那里你我消磨万万千千的时光

刻印在时光隧道里是永恒的印记

你我不散的清纯气息

我们选择一个星光灿烂的夜晚

到海滩放纵我们的温馨

在海浪里缓缓涌动的月

见证这转眼已成为永恒的时刻

我们携手

在金光闪闪的海滩上

一步亮丽，一步绚烂
走完人生的旅程
但旅程又即时重新开始
在银河升空的刹那
亿万颗恒星的光
亮点在我们每一个毛孔上
我们全身分解
被光的力量撑起，成为众星间的闪烁银光
加添了银河的灿烂
我们成星空的永恒陪伴

安康夜晚湖水静如画
投一块石头
湖水波澜里星儿涌动
时间冻结在这幽静时刻
我们的人生在湖边不能前进
只能升华
转眼间星空是我们驰骋的天地
心灵探索在这里开始
那无穷的星空是否有个终点？
我们不管
我们要探索也在这里结束
再度升华
在更远银河系筑造美丽的天庭花园
轮回在这里再创生命奇迹

秋天的草坡沾有夏天的遗迹

但绚丽的彩叶是秋天的努力
我们在这里重温相会
盼望人生再来几回
芬芳永不消散
人生回忆跨越时空
草坡成我们人生循环的标记

在月亮下把酒再庆人生美丽
你我紧抱青春神奇
在月光里逗弄时光甜蜜
冷光里热气渐渐升起
冷光在你的脸上锁住你的微笑
让它永远抗拒不了我魅力的风暴

冥冥中有种力量在酝酿
它突破你我筑起的防线
承担起侦破人生奥秘的工作
在这安康夜晚回忆的时刻
助我们一臂之力
砸破时间的枷锁
让永恒渗透进来
今天也就是明天
明天是昨夜的镜片
回复反射往年的光线
我们举起双手
手上有晶亮的酒杯
这是庆祝人生仍有许多回

回回是有歌无泣的快乐相随

安康夜
你休息
遥远的草原仍有气息
遥远的草原
是你永不放弃的起点
你永不放弃的惦念

2007年9月15日，清晨6点37分

美蝶残梦

美蝶带来的，也让美蝶带走！

美蝶舞在红花田
轻拨鲜蕊尝今天
艳阳满照欢乐地
青芽初探新生气

蓝天绘有白云美
绿草浸透春意睡
此时清风缓缓吹
人生潇洒走一回

午后乌云镶金边
细雨掠过黄花原
远雷惊醒秋蝉梦
迷雾飘往青山东

再有清新留人间
花香扑鼻伴悠闲
梦在小鸟缠树梢
欢枝喜叶乐逍遥

今日留有昨日甜

美蝶喜鹊闹团圆
落日载走晚霞红
蓝天白云别苍穹

此时清风缓缓吹
人生残梦补不回
但见美蝶休闲处
千花万草不知数

2008年10月4日,清晨6点16分

辑五 | 星光，永延绵

星光,永延绵

　　星光,随着宇宙的诞生而来临,也将随着宇宙的湮灭而逝去*。然而,这实体的星光,是虚幻的。真正的星光,是永恒的,跟宇宙的存在与否没有关系。

　　星光,永延绵…… 在完成前面四辑的诗的一段时间后,发现了延绵、永恒的星光,记载在这里。

2019年6月5日,下午2点39分
洛杉矶国际机场

---

* 根据目前宇宙学,宇宙里所有的物质是在一百三十亿年前的大爆炸中,从一个能量无穷密集的无穷小的点里面产生的。此后宇宙一直在膨胀,星系之间的距离一直在加大。(我们的地球和太阳系所处在的银河系是星系之一,一个星系里可以有几千亿颗像太阳一样的恒星,每颗恒星可能带领着一群像地球这样的行星。根据目前的估计,宇宙里的星系的数量大概是两万亿。)但未来,宇宙可能会收缩;在亿万年后,所有的星系和伴随的物质,会再度被挤进一个无穷小的点,空间、时间和物质,当然也包括星光,都一起灭亡消失。

你是星光

你是星光
你是云,你是飞腾的心
我琢磨的时光里,有你,有午后的茶、恬静的风
我们抓把阳光,塞进盛满爱的茶壶里
倒出来是海洋,是流满草原的情

星光,在你脸上,是刻画,是流影
是万马奔腾、惊涛骇浪
无穷银河旋转飞奔了亿万年
就是要在今天照亮你的脸!

看,那像雨般落下来的星光
沾湿你美丽的长发
蜻蜓飘来,吻在发上面
风吹,发冷,发飞扬
蜻蜓又往蓝天飞奔
发亮了
亮成我爱的星光
点点,就是滴滴的情
银河旋转飞奔不停

你就是星光
喷泉的水柱,直闯蓝天
蜻蜓被冲湿了,飘回来
这次吻在你脸颊上

水花溅湿你的脸
永远美丽
永远星光

就说了
你是星光
光涂在心海的岸
让岸转变成绚丽的公园
有树，有草
有情侣徒步的美花大道
大道转变成心灵的湖
是的，你是星光
在这湖里静躺
等待波涛时刻
唤醒激情
湖也飞扬！

你是星光
在等待的无穷岁月里
银河也散了*

---

* 根据目前宇宙学，宇宙正在膨胀，星系（我们的地球和太阳系所处的银河系，是星系之一）之间的距离一直在增加，而且膨胀的速度在加速。有别于之前的看法——宇宙是在收缩中灭亡，另一个看法认为，百亿年后，不但星系之间的距离继续增加，而且所有星系都会被撕裂，星系里所有恒星之间的距离，被无穷地拉大（一般的星系可以有几千亿颗恒星）。恒星飞散在无穷无尽的空间里，而宇宙终究会以这种形式灭亡；所有的星光，也在最后随所有的核聚变燃料燃烧殆尽后消失。这是有别于宇宙大收缩的结局。

她的亿万星光，飘向星海各处
点亮黑暗的无穷角落
在今夜的草原上
你洁白的肌肤反射着星光
夜晚被点燃
星光，弥漫这天地，是你
星光，弥漫全宇宙，是你

            2017年5月23日，下午4点20分

依然绚烂,依然悠扬

依然绚丽
你的风采
岁月没能在你脸上刻下印记
因为月光,时光的脸霜
吻淡了所有忧伤

依然澎湃
你的心房
轻波浅浪是你心的激荡
旋涡里的细语,阐述你心跳的节奏
传播无垠的感受

依然光亮
你爱的脸庞
是永远微笑的姑娘
明媚的眼睛,说着不朽的情话
明媚地刷光岁月累积的尘埃

依然灿烂
你的舞步奔向的银河
光芒,掩盖了不可能的忧伤

无穷的岁月里，时而温顺，时而脱缰*
但从没忘记应该散发的光亮

依然悠扬
你的歌发出的声响
催眠了树林里的所有虫鸟
它们醉了，四处张望
哦，原来你在幽泉边静躺
无尽的落叶，无穷的岁月
依然绚烂
依然悠扬

2018年8月24日，晚上7点17分修完

---

* 我们地球和太阳所处的银河系是星系的一种。一般的星系可以拥有几千亿颗恒星。这些恒星以螺旋状或椭圆状聚集在一起，成为直径几十万光年的星系。根据人类目前对星系的认识，在绝大部分时间里，它们是静静地、温顺地旋转着，沿着某些预定的轨迹，缓慢地走向永恒。但在某些情况下，一个星系可能跟另一个星系产生碰撞。星系里恒星重力场互相影响对方的恒星，把对方的恒星强行拖离原来的轨道，把对方"撕裂"。从远处看，这些星系里的千亿恒星，就像脱缰的马儿，四处飞奔。当然，飞奔的速度，相对于我们人类在一般情况下所感受到的速度，是极其缓慢的，是在亿万年里完成的事。

快乐相随

你看,那汗水流淌的下午,却有一朵玫瑰在号令!
破牙绕过了汽车的急转弯,美滋滋地散发今日的炫彩。
我说,你为何在咖啡的快乐里,又添加了童年的甜蜜回忆?

这是怎么样的下午,黄牛来了,黑豹走了;
但我咖啡的黑,还在跳着昨夜汗水淋漓的舞。
还有那星辰,竟然过来指挥白日的节奏!
好了,音乐真的好极了,感谢那星辰勇闯这陌生的世界。

快乐生活的指标,是白嫩嫩的鸡饭、鸡手、鸡脚,油水舔唇的
　　感慨;
平底鞋,踏破这个赤道小岛走弯走直走不停大小道;
原来你我他,也可旋飞在午夜,放个黑豹嘶喊的信号。
是明天,是后天,是昨天,又是熊、黄牛,等待玫瑰的号令。

风扇底,看这,看那,尖腿、小腿、巨腿踢破踢弯的下午。
黄牛又回来讨伐,加剧生活节奏的美。
休息吧,把计算机撕了,溶化在茶的喜悦里;
点青菜、点黄菜、点红菜,越过生活的指标,平息金融的风暴!

乳色的明月,照亮李白的故乡。
谁说她是诗人?床前月光暗淡,冰冷大地无霜!
笑死了,笑死了,原来苍蛾飞舞在鼻尖,

撒下香喷喷的泥，散播无穷的享受。
弥漫走廊上，弥漫会议间，弥漫世界戳穿的谎言。

玫瑰号令，
解除今天要命的枷锁，戴上明日卓越的皇冠，
要勇闯这崭新世界美丽的阳光大道！

2017年4月30日，清晨6点10分

烟雨湖岸

星空坠下的火花
点燃了今晚湖岸你我的对话
你的轻声,像伴随的微风温柔,但它竟然让湖水澎湃!
原来,遥远的银河在今晚要沉到湖中来

听说,你曾在遥远的他岸,撒满无数的鲜花
绿草拥抱了鲜花,在烟雨迷雾中
释放无数激情的雨滴
哦,催促湖水的是你
让它淹没的银河永恒光辉,在你我的爱恋里喷发!

湖岸,标志着一种承诺,被拥抱的鲜花喜极而泣
把银河捞上来吧,小心它的光亮
会缠住你每个细胞的舞姿,细细地把你分解,随轻风飘走
那当然不是末路,是你拥抱永恒的起始

烟雨湖岸,我拨开你淋湿的长发
呈现的是一张极其快乐的脸
喜悦、飞舞、飞扬!

你已经与银河成为一体,耀眼光辉,就是我爱紧紧拥抱的永恒
湖的咆哮,雨滴的呢喃
轻声细语,烟雨湖岸。

是的，就在烟雨湖岸

烟雨湖岸

2018年8月12日，下午5点50分

新加坡桥北路洛基马士特咖啡馆

霞 光

霞光
无穷天空里的花
是否有个烟雨的年代
你照亮了我无垠的梦
让我感受这世界的每片草原
草原上的清甜

霞光
你在这世界留下的点滴
是无数人情爱的动力
他们尽情地鼓掌
欢庆此生无限美满的生活
生活的美丽

霞光
你没随日落逝去
你伴随星空升起
本应是落日、落魄、落雨的时节
银河的绚烂星光却统领了天空
改写宇宙时空颠倒的次序

时空里的霞光
你掌握了光子的秘密

午后的茶,无穷延续
清晨的鸟,唱到断气
黑暗的夜,太阳升起
斗嘴的鸳鸯,不离不弃
时光倒流到宇宙的起点
召唤那还没苏醒的上帝!

岁月里的霞光
你摸索,找到秋天的落叶
满地的黄、红、紫、绿
落叶,墓地里传出笑声
原来有人找到了永生
昨天换成今天,今天就在酒杯里沉湎
岁月里的霞光
你颠覆了世界不变的神话

霞光
与心灵的对话
要抓紧落日里的晚风!
让彩云不能逝去!

与心灵的对话
紧抓浪冲上海滩的爱吧!
在冲走足迹无痕前!

与心灵的对话
远远在宇宙崩溃灭亡前

紧握这时光创造的无穷美好

无穷美好的一切

与心灵的对话

霞光

> 初稿于2018年10月2日,凌晨2点2分
> 定稿于2018年10月14日,早上8点42分

我在这个世界等你

我在这个世界等你
那美花的香扑面
但我等待你的来临

我在这个世界等你
那彩蝶的舞美妙
但我期盼你的容颜

我在这个世界等你
飘逸白云在召唤
邀我蓝天飞翔
但我遐想你婀娜的身姿
乘风而来

我在这个世界等你
你信步而来
风轻抚的长发
飞舞得比彩蝶美妙
散发超越美花的清香

在这个世界
你嘹亮的嗓音撼动天地
让清风随爱起唱

唱尽人间的美好

在这个世界
你魔幻的光芒亮照四方
让大地平和奔放
享尽生活的美满

我在这个世界等你
你轻声细语透露
你我永恒的欢欣
将会在有你的世界里延绵

我等待你的来临
在这个世界

2023年11月15日，晚上7点31分

何诚明

祖籍福建厦门，新加坡人。
认知科学博士，毕业于美国威斯康辛大学麦迪逊分校。
目前是新加坡环球人工智能学院首席执行官与首席人工智能科学家。

已出版英文专著《智能学原理：迈向智能理论与科学》，在国际期刊和国际会议上，发表与人工智能和智能学相关的多篇论文。

拥有 36 项与电子书技术相关的专利，授权国包括中国、美国、日本、韩国、澳大利亚和新加坡。

已出版作品
《星光印象》，作者公开出版的第一本诗集。